AF346393

Vente du Mercredi 6 Juin 1877

SALLE N° 3

BELLES ET ANCIENNES

PORCELAINES DE SAXE

OBJETS D'ART

ET

DE CURIOSITÉ

BIJOUX

EXPOSITION PUBLIQUE : le Lundi 4 Juin 1877

DE UNE HEURE A CINQ HEURES

<table>
<tr><td>COMMISSAIRE-PRISEUR :
M° CHARLES PILLET
10, rue de la Grange-Batelière.</td><td>EXPERT :
M. CHARLES MANNHEIM
7, rue Saint-Georges.</td></tr>
</table>

NOTA. — Les objets compris dans le présent catalogue seront exposés avec ceux dépendant de la succession de M. le vicomte Daru et seront vendus dans le cours de la deuxième vacation de cette vente.

CATALOGUE

DES

BELLES ET ANCIENNES

PORCELAINES DE SAXE

OBJETS D'ART

ET DE CURIOSITÉ

Des XVIe et XVIIe siècles

BIJOUX

DONT LA VENTE AURA LIEU

HOTEL DROUOT, SALLE N° 3

Le Mercredi 6 Juin 1877

A DEUX HEURES

Par le ministère de Me CHARLES PILLET, Commissaire-Priseur,
10, rue de la Grange-Batelière;

Assisté de M. CHARLES MANNHEIM, Expert, 7, rue Saint-Georges.

Chez lesquels se trouve le présent Catalogue.

EXPOSITION PUBLIQUE : le Lundi 4 Juin 1877,
DE UNE HEURE A CINQ HEURES.

CONDITIONS DE LA VENTE

Elle sera faite au comptant.

Les acquéreurs payeront en sus des adjudications *cinq pour cent* applicables aux frais.

L'Exposition mettant le public à même de se rendre compte de l'état des objets, aucune réclamation ne sera admise une fois l'adjudication prononcée.

Paris. — Typ. PILLET et DUMOULIN, 5, rue des Grands-Augustins.

DÉSIGNATION DES OBJETS [*]

PORCELAINES DE SAXE

103 — Très-belle garniture de trois pièces en ancienne porcelaine de Saxe fond bleu clair à grands et beaux et beaux médaillons sujets de chasse, dans la manière de Wouwerman, encadrés d'or, alternant avec des cartouches de fleurs en camaïeu vert. Le vase central, en forme de balustre, est surmonté d'un couvercle formé d'un groupe composé d'un chasseur debout et de trois chiens forçant un sanglier. Les deux autres vases ont la forme de cornet à panse renflée. Tous trois ont des pieds rocaille en bronze doré. Hauteur : 78 et 50 centimètres.

104 — Joli groupe en ancienne porcelaine de Saxe, composé de quatre figures : l'Amour tabellion.

105. — Autre groupe de même porcelaine, composé de trois figures costumées à l'oriental.

* N. B. — Cette vente devant faire suite à celle des objets dépendant de la succession de M. le vicomte Paul Daru, nous avons cru devoir continuer la série des numéros afin d'éviter la confusion.

106 — Vénus et l'Amour, groupe placé sous un bosquet
rocaille préparé pour recevoir des bobêches.

107 — Groupe en vieux Saxe représentant un sujet allégo-
rique de la Force et de la Fidélité.

108 — Figure de chasseur debout, en porcelaine d'Allemagne.

109 — Deux groupes composés chacun de deux figures
d'enfants, et représentant les quatre parties du monde.

110 — Joli vide-poche formé d'une petite corbeille ovale
tenue par un personnage à demi couché. Vieux Saxe.

111 — Quatre statuettes en vieux Saxe : la Marchande de
gâteaux, Acteur de la comédie italienne, petit Jardinier
et Amour assis.

112 — Théière et son réchaud en porcelaine de Saxe, décorée de fleurs en camaïeu bleu.

113 — Trois vases en porcelaine de Berlin, dont deux à
fond vert et fleurs ; le troisième à médaillon peint en
grisaille.

114 — Petite pendule et son socle en porcelaine de Berlin, surmontée d'une sphère et à décor d'or rehaussé de
vert.

115 — Tête-à-tête en vieux Saxe à sujets Watteau et ornements rocaille, composé de deux tasses avec couvercles, deux cafetières et un plateau.

116 — Tête-à-tête en vieux Berlin, décoré de fleurs et composé de deux tasses avec soucoupes, un plateau et cinq
grandes pièces.

117 — Joli flacon de poche en vieux Saxe décoré de sujets
Watteau.

118-120 — Dix-sept statuettes ou groupes divers en ancienne porcelaine blanche d'Allemagne. Ce lot sera
divisé.

121 — Deux petits vases à deux anses en porcelaine de
Saxe décorés de vues de villes et de fruits en relief.

122 — Bout de table formé d'un jeune garçon assis sur
deux paniers, en porcelaine de Saxe.

123 — Quatre belles tasses avec soucoupes et une cafetière
en ancienne porcelaine de Saxe décorées de médaillons
de personnages avec encadrements dans le style de Bé-
rain.

124 — Tasse haute avec soucoupe en vieux Saxe à sujets
chinois.

125 — Quatre tasses avec soucoupes en porcelaine de Frankenthal décorées de paysages.

126 — Chope en terre de Bœtcher, montée en cuivre doré.

127 — Chope en porcelaine moderne de Saxe décorée de personnages en couleurs.

128 — Tasse avec couvercle et soucoupe en porcelaine de Nymphenburg, décorées de groupes d'amours en grisaille.

129 — Grande tasse à couvercle et soucoupe en porcelaine de Frankenthal à sujets champêtres.

130 — Corbeille ovale en vieux Saxe avec couvercle surmonté d'un oiseau.

131 — Tasse et soucoupe en porcelaine de Berlin décorées de sujets Teniers et d'ornements d'or.

132-133 — Quantité de tasses en ancienne porcelaine de Saxe ou d'Allemagne qui seront vendues par lots.

134 — Cafetière en vieux Saxe simulant une courge.

135 — Coupe ronde à couvercle en porcelaine de Berlin décorée de sujets d'après Hogart et autres, montée en bronze.

136 — Vase de forme ovoïde à anses formées de feuilles en porcelaine de Berlin à branches de fleurs en relief.

137 — Cornet en porcelaine de Saxe décoré de sujets chinois.

138 — Deux boîtes carrées en porcelaine de Saxe à bustes en relief et décorés de sujets militaires.

PORCELAINES DIVERSES

139 — Grande tasse avec soucoupe en ancienne porcelaine tendre de Sèvres fond bleu de Vincennes à médaillons jeux d'amours dans des paysages en camaïeu rose et encadrés de beaux ornements dorés.

140 — Cabaret solitaire en biscuit de Wedgwood, à figures blanches sur fond bleu, composé de cinq pièces.

141 — Groupe en porcelaine italienne, composé de trois figures, scène tirée de l'histoire de Bélisaire.

142 — Deux groupes en biscuit de porcelaine, l'un d'eux composé de trois personnages et l'autre de deux.

143 — Tasse à deux anses avec soucoupe en vieux Sèvres, pâte tendre fond gros bleu, à médaillons et frises de fleurs, fin Louis XVI.

144 — Deux vases en porcelaine tendre, fond bleu turquoise décorés de frises, sujets mythologiques et émaux en relief, monture en bronze.

145 — Pendule de forme carrée en bronze doré, ornée de plaques de porcelaine et surmontée d'un vase en porcelaine tendre à fond bleu et médaillon, sujet pastoral.

146 — Théière en vieux Chine à médaillons découpés et à anse et goulot formés chacun d'une chimère.

147 — Deux coupes avec couvercles et soucoupes en vieux Chine, à fleurs rouges et branchages en relief.

148-150 — Quantité de tasses, cafetières et pots à crème, en ancienne porcelaine de Chine à décors variés; ce lot sera divisé.

BIJOUX

151 — Jolie tabatière en émail de Saxe, décorée de sujets mythologiques finement peints, par Chodowiecki (signée).

152 — Autre tabatière en émail de Saxe, décorée de sujets mythologiques.

153 — Dessus de boîte en émail de Saxe à sujet Watteau, peint par Chodowiecki.

154 — Petite boîte ovale de même travail et attribuée au même artiste

155 — Petite boîte ovale en porcelaine tendre de Saint-Cloud, décorée de fleurs.

156 — Porte-tablettes Louis XIII en cuivre émaillé, décoré de sujets religieux.

157 — Tabatière ovale en porcelaine d'Allemagne, décorée de sujets peints en camaïeu brun.

158 — Boîte carrée de même porcelaine, montée en argent doré et contenant une peinture représentant un sujet Watteau.

159 — Drageoir de forme oblongue en argent, à ornements découpés, enrichi de roses et d'une peinture sur émail; époque Louis XV.

160-162 — Diverses miniatures et peintures sur émail, des époques Louis XV et Louis XVI.

163 — Demi-parure en argent et topazes composée d'une plaque de corsage et de deux pendants d'oreilles.

164 — Deux pendants d'oreilles et deux boucles ornées de stras.

165 — Bague d'or ornée d'un camée sur sardoine oriental, tête de nègre.

166 — Diverses pièces en émail de Saxe; étuis, flacons, boîte, etc.

168 - Tabatière et trois cassolettes en filigrane d'argent.

OBJETS VARIÉS

169 — Grand et beau vidrecome allemand du xviᵉ siècle, en verre émaillé, portant les armes de l'empire, ainsi que le Christ en croix. Belle qualité.

170 — Grand verre à pied et à couvercle, en verre rubis.

171 — Deux petits vitraux ronds à sujets variés.

172 — Autre petit vitrail armorié, portant la date de 1602.

173 — Jolie coupe en ancienne faïence de Chafagiollo, décorée au centre du sujet du lavement des pieds. Le bord bleu offre des dragons ailés et des rinceaux. Cette pièce est malheureusement fracturée.

174 — Buste du pape Innocent XIII. Bas-relief sans fond, en cire peinte.

175 — Quatre petites assiettes en étain du xviᵉ siècle.

176 — Bas-relief en cuivre doré : saint François recevant les stigmates.

177 — Bas-relief en bois sculpté : Suzanne et les vieillards.

178 — Plaque carrée en faïence espagnole : amours sur des nuages.

179 — Médaillon en cuivre repoussé : Tobie et l'ange.

180 — Potiche et deux cornets en faïence, décor bleu.

181 — Deux plaques en cuivre repoussé : le Christ en croix et la Résurrection.

182 — Groupe en terre peinte de Malaga, par Guttierez Cavalier espagnol.

183 — Deux statuettes, par le même artiste.

184 — Joli bas-relief en bois sculpté du xv⁰ siècle, représentant la Vierge et l'Enfant Jésus.

185 — Deux sculptures en haut relief sur bois : scènes tirées de la Passion.

186 — Grand bas-relief carré représentant le Christ mort, étendu aux pieds de sa mère.

187 — Pupitre en argent repoussé du temps de Louis XIII, décoré d'ornements et d'attributs divers.

188 — Grande buire en argent, modèle à côtes et à mascaron ciselé. Époque Louis XV.

189 — Deux cadres du xvii⁰ siècle en bois sculpté, à ornements oiseaux et mascarons.

190 — Jolie petite plaque italienne peinte en grisaille et rehaussée de rouge sur fond d'émail bleu, représentant la présentation au Temple. xvi⁰ siècle.

191 — Médaillon ovale représentant un buste d'homme de

profil, en cire peinte. Travail allemand de la fin du
xvi° siècle.

192 — Reliquaire de forme octogone, en cuivre gravé,
décoré à l'intérieur de peintures en grisaille. xvi°
siècle.

193 — Assiette en faïence de Castelli, décorée d'un sujet
champêtre.

194 — Deux bouquets garnis de fleurs de porcelaine de
Saxe, et feuillages en fer-blanc peint.

195 — Deux gobelets en verre de Bohême doré.

196 — Croix reliquaire en cuivre doré du xv° siècle, ornée
d'une sainte face sur cornaline et portant une inscrip-
tion indiquant que la pièce a été redorée en 1687 par
un nommé Daniel Mannlich, à Nuremberg.

197 — Groupe en terre cuite peinte, représentant le sujet
de la pêche miraculeuse. Groupe de trois figures.

MEUBLES

198 — Grand guéridon rond en bois noir très-richement
garni de bronzes dorés. Le dessus est orné de quahtité
de plaques de porcelaine tendre à médaillons de fleurs,
personnages historiques et sujets de bacchanale.

199 — Guéridon ovale à contours en marqueterie de bois
à fleurs et ornements sur pieds sculptés à fleurs et ornements.